这本《自然故事》属于：

_____

_____

_____

献给桑德兰的哈德逊小学的孩子们
——尼古拉·戴维斯

献给妈妈、爸爸、莉萨和韦恩
——詹姆斯·克罗夫特

图书在版编目（CIP）数据

不一样的鲨鱼 /（英）尼古拉·戴维斯文；（英）詹姆斯·克罗夫特图；王春，刘泰宁译. -- 杭州：浙江教育出版社，2020.9（2022.11重印）
（自然故事. 第2辑）
ISBN 978-7-5722-0478-4

Ⅰ. ①不… Ⅱ. ①尼… ②詹… ③王… ④刘… Ⅲ. ①儿童故事－图画故事－英国－现代 Ⅳ. ①I561.85

中国版本图书馆CIP数据核字(2020)第120737号

引进版图书合同登记号 浙江省版权局图字：11-2020-241

Text © 2003 Nicola Davies
Illustrations © 2003 James Croft
Published by arrangement with Walker Books Limited, London SE11 5HJ
All rights reserved. No part of this book may be reproduced, transmitted, broadcast or stored in an information retrieval system in any form or by any means, graphic, electronic or mechanical, including photocopying, taping and recording, without prior written permission from the publisher.
Simplified Chinese translation edition is published by Ginkgo (Beijing) Book Co., Ltd.

本书中文简体版权归属于银杏树下（北京）图书有限责任公司

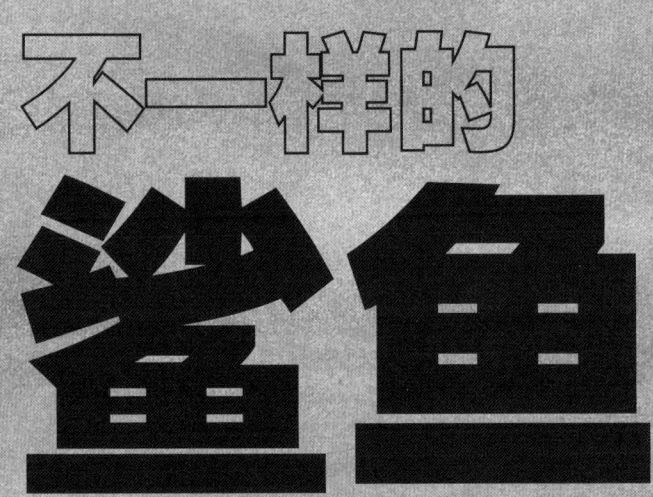

不一样的鲨鱼

[英] 尼古拉·戴维斯 文
[英] 詹姆斯·克罗夫特 图
王春 刘泰宁 译

浙江教育出版社·杭州

等等我!

你正在温暖的蓝色海洋里游泳。
哪个词会把你的美梦
突然变成噩梦?
哪个词会让你突然想到一个

巨型
食人杀手?

鲨鱼？对！它确实是一条鲨鱼！

它是一条侏儒额斑乌鲨。

它是世界上最小的鲨鱼,
只比巧克力棒大那么一点儿。
不巨大,当然更不会吃人,
如果你碰巧是一只虾,那它才能吃了你。

你看,**大多数**鲨鱼根本不是你想象中的样子。

毕竟,谁会料到鲨鱼竟然……

像所有的**灯笼乌鲨**一样,**乌鲨**可以让自己的肚子发光。这有助于它融入海洋银光闪闪的表面,避免成为大鱼的晚餐。

会发出美丽的光……

或者像派对中的气球那样膨胀……

当**东太平洋绒毛鲨**感到害怕时,它们就拼命喝水,让自己的身体膨胀到正常大小的3倍,这样它们就可以将自己卡在岩石间,捕食者也无法把它们拉出来。

这种澳大利亚鲨鱼被称为**斑纹须鲨**。它的表皮花纹和海底岩石、珊瑚相似,所以它可以在贝类、螃蟹和小鱼没察觉的情况下就偷偷接近它们。

像一块旧地毯般躺在海底……

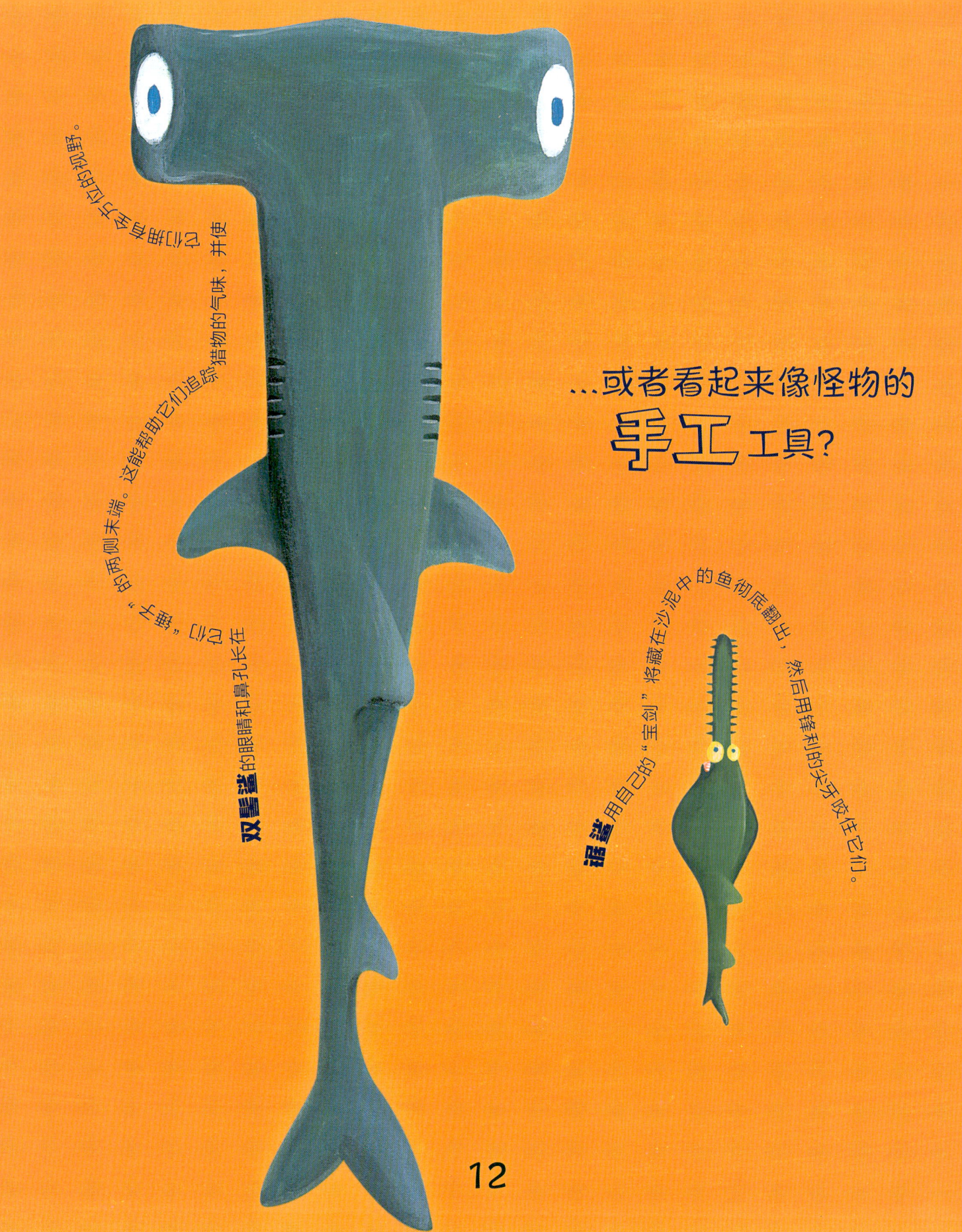

...或者看起来像怪物的**手工**工具?

双髻鲨的眼睛和鼻孔长在"T 锤"头的两侧末端。这能帮助它们追踪猎物的气味,并使它们拥有全方位的视野。

锯鲨用自己的"宝剑"将藏在沙泥中的鱼彻底翻出,然后用锋利的尖牙咬住它们。

其实，鲨鱼**形状各异、大小不同。**

这些不同的动物怎么会都是鲨鱼呢?
仔细看,你就会观察到它们有很多共同点。

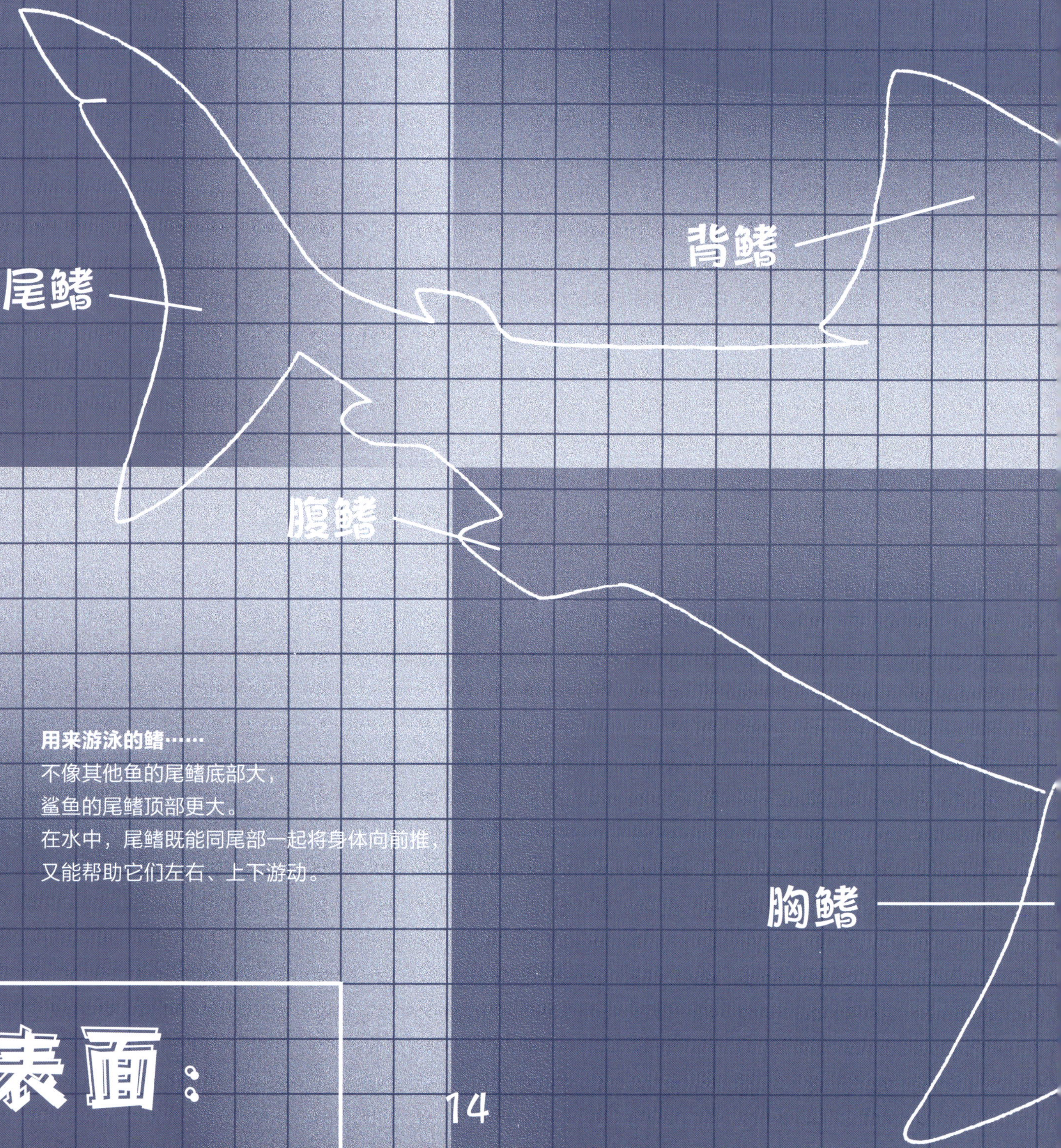

尾鳍

背鳍

腹鳍

用来游泳的鳍……
不像其他鱼的尾鳍底部大,
鲨鱼的尾鳍顶部更大。
在水中,尾鳍既能同尾部一起将身体向前推,
又能帮助它们左右、上下游动。

胸鳍

表面:

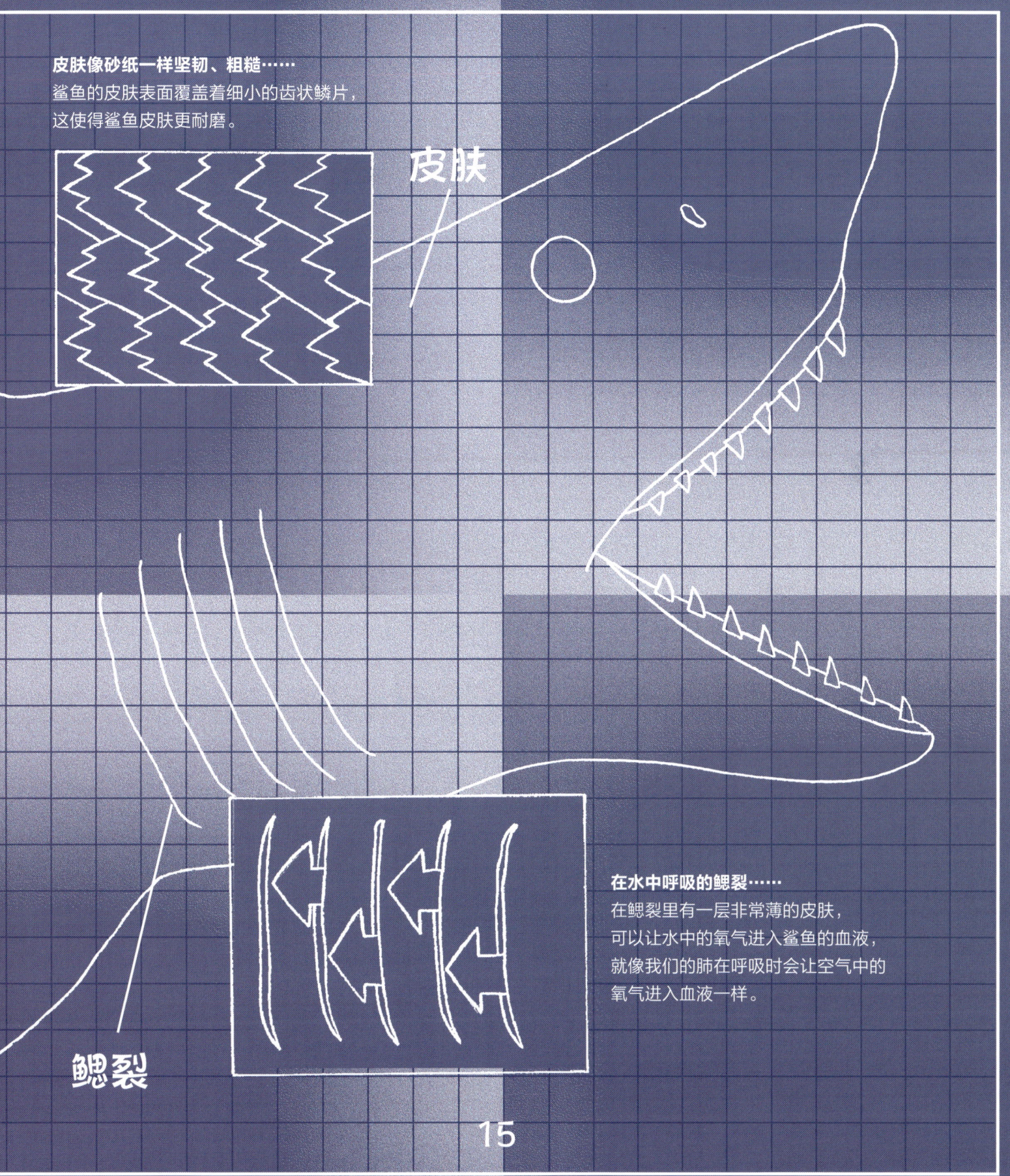

皮肤像砂纸一样坚韧、粗糙……
鲨鱼的皮肤表面覆盖着细小的齿状鳞片，这使得鲨鱼皮肤更耐磨。

皮肤

在水中呼吸的鳃裂……
在鳃裂里有一层非常薄的皮肤，可以让水中的氧气进入鲨鱼的血液，就像我们的肺在呼吸时会让空气中的氧气进入血液一样。

鳃裂

内部：

鲨鱼的颌会从嘴巴里突然伸出，就像打开玩偶盒就有玩具小人跳出来一样。
鲨鱼的颌部与我们人类的不同，它不是头的一部分。相反，它与头之间是由一种类似橡皮筋的组织相连，便于颌部快速向前伸出以咬住猎物。

颌

牙齿

一排排备用牙齿，使鲨鱼永远不会咬空……
一条鲨鱼有多达3000颗牙齿，
一排排前后有序地排列。
如果一颗牙齿磨坏了，
后面的那颗牙齿就会向前移动，取代它。
因此，鲨鱼的牙齿总是很锋利。
一条鲨鱼一生中会使用超过20,000颗牙齿。

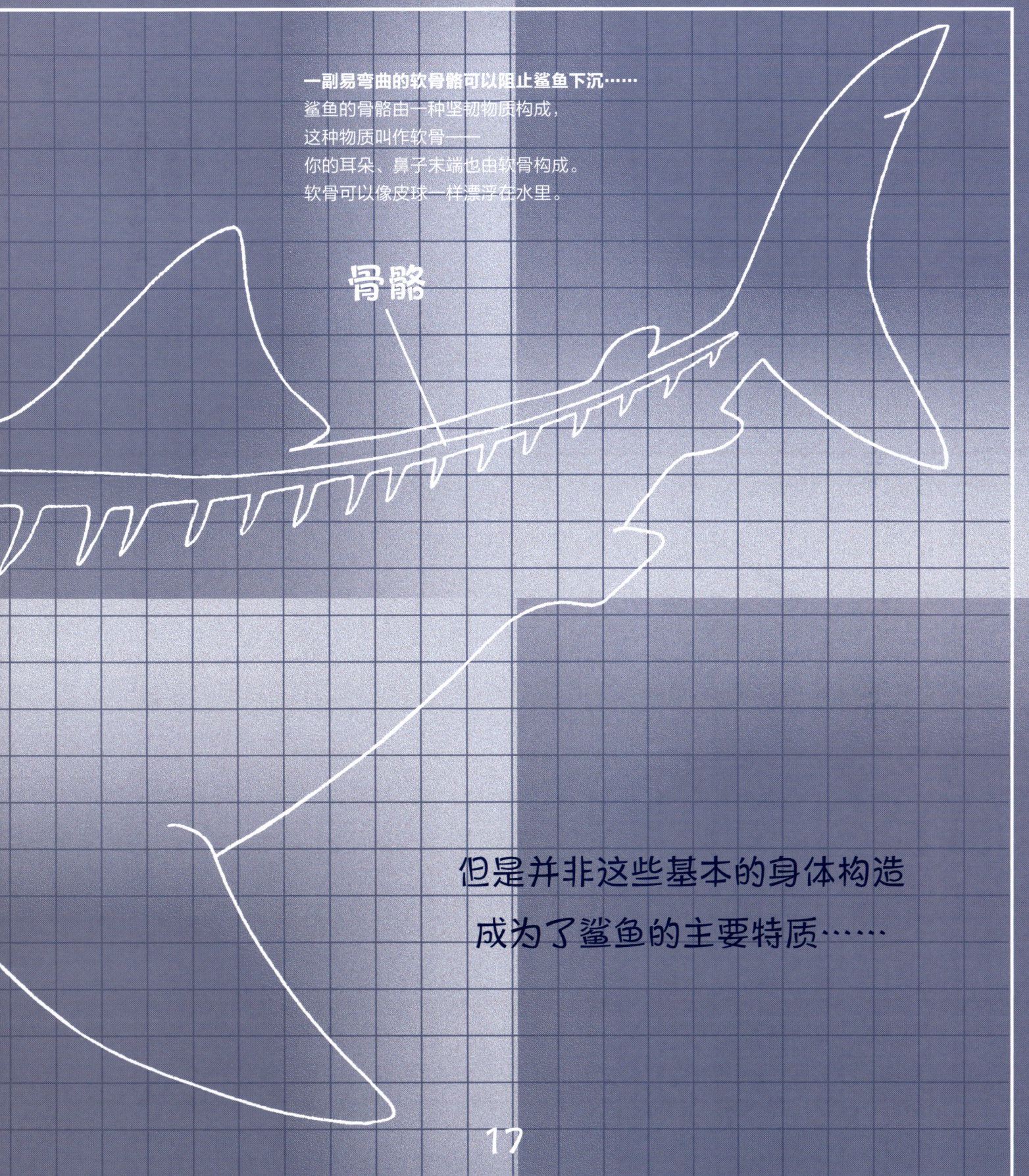

一副易弯曲的软骨骼可以阻止鲨鱼下沉……
鲨鱼的骨骼由一种坚韧物质构成，
这种物质叫作软骨——
你的耳朵、鼻子末端也由软骨构成。
软骨可以像皮球一样漂浮在水里。

骨骼

但是并非这些基本的身体构造

成为了鲨鱼的主要特质……

而是鲨鱼式的行为方式！
鲨鱼总是很饿，总在寻找下一餐食物。
甚至在还没出生的时候，
有些鲨鱼就开始杀戮了。

沙锥齿鲨
只生下了两条活的幼鲨
——这就是因为它们在妈妈肚子里时就把其他六条幼鲨给吃了。

让我们吃了他！

有些鲨鱼产卵，有些鲨鱼生出幼鲨。
但是所有的幼鲨都和它们的父母一样，
有锋利的牙齿，刚一出生就能捕食。

鲨鱼的感觉非常敏锐，只要有一点点小动静，它都能马上进入捕食状态。

声音通过皮肤上微小的孔，进入鲨鱼的内耳。有些声音频率很低，我们人类无法听到，但鲨鱼可以。

鲨鱼的眼睛长在头部两侧，所以它们看到的身后的东西，几乎和它们能看到的前面的东西一样多。

鲨鱼全身的皮肤都和你的指尖一样敏感。你能区分高温与冰冷、粗糙与光滑、滑动与静止，鲨鱼也能根据身体周围水的流动和温度获得各种信息。

对于一条饥饿的鲨鱼来说，哪怕最微弱的线索，都像餐馆的指示牌一样清晰。

鲨鱼的鼻孔在鼻尖下方。当鲨鱼向前游动时，水就会流入鼻孔，各种气味也随之而来。

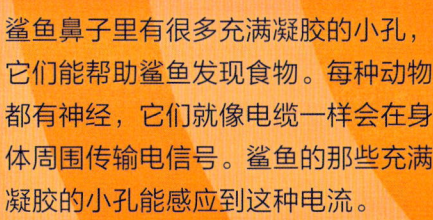

鲨鱼鼻子里有很多充满凝胶的小孔，它们能帮助鲨鱼发现食物。每种动物都有神经，它们就像电缆一样会在身体周围传输电信号。鲨鱼的那些充满凝胶的小孔能感应到这种电流。

姥鲨
每小时会吸入超过9000升含有浮游生物的水。浮游生物是许多种微小动植物的总称，它们随风和潮汐在海洋中漂浮。

当鲨鱼最终离猎物极近时，
它们能感觉到猎物的神经在发出噼啪声。
所以它们总能在合适的地方张开大口
——不管猎物是什么！无论猎物是**浮游生物**……

还是**人**!哦,是的,这是真的——有些鲨鱼确实会吃人,每年大约有6人因此而丧生。

噬人鲨
是经常攻击人类的3种鲨鱼之一,另外2种分别是**公牛真鲨**和**鼬鲨**。事实上,在500种鲨鱼中,只有30种曾经攻击过人类。鳄鱼、大象、狗,甚至猪,每年杀死的人比鲨鱼更多!

但是，每年有 **1亿** 条鲨鱼被**人类**杀死。

鲨鱼牙项链

机器润滑油

如果你是一条鲨鱼，
在迷人的蓝色海洋中遨游，
你最不想听到的一个词就是

——人类！

索引

澳大利亚虎鲨 19
巴西达摩鲨 13
斑纹须鲨 11
背鳍 14
扁鲨 13
充满凝胶的孔 21
大青鲨 13
灯笼棘鲛 10
东太平洋绒毛鲨 10
浮游生物 22
腹鳍 14
感觉 .... 20—21
公牛真鲨 23
骨骼 17
颌 16
剑吻鲨 13
铰口鲨 13
角鲨 19
锯鲨 12
卵 .... 18—19

姥鲨 22
鳃裂 15
沙锥齿鲨 18
噬人鲨 23
双髻鲨 12
尾鳍 14
乌鲨 10
胸鳍 14
牙齿 16
幼鲨 18
鼬鲨 23
侏儒额斑乌鲨 9

通过索引表，
你可以查找、发现鲨鱼的相关知识。
文中有两种字体，
这种和这种，
都要记得阅读哦！

关于鲨鱼

鲨鱼已经在地球上生活了3亿年。今天,在世界上的所有海洋里都能找到它们的身影。人们把鲨鱼看作怪物,但世界上有500种鲨鱼,其中只有30种曾经攻击过人类,它们大多数以贝类和小鱼为食。

鲨鱼是掠食者,它们捕杀其他生物只是为了饱腹。鲨鱼在海洋中作用重大,正如狼、狮子、老虎和熊在陆地上不可或缺一样。

文 尼古拉·戴维斯

英国获奖童书作家、动物学家,曾在英国国家广播公司的自然节目组工作。自1997年以来,已有30余部作品问世。她在德文郡海岸看过姥鲨,也曾在潜水时面对面地观察过幼小的斑点角鲨。尼古拉认为,在地球上,鲨鱼比人类存在的时间久得多,因而它应该得到人类的尊重和保护。她还写了《神秘的小海龟》《大蓝鲸》《喜爱夜晚的蝙蝠》等作品。

图 詹姆斯·克罗夫特

他一直喜欢画鲨鱼。它们的牙齿、速度、产生的危险性,总能激发出他的想象力,对其他动物他则做不到这点。詹姆斯在伦敦工作和生活。

写给家长

与孩子们分享书籍是帮助他们学习的最好方法之一,也是他们学习阅读的最佳方式之一。《自然故事》是一套自然知识绘本,插图精美,屡获奖项。这套书重点描绘动物,对孩子们有非常强烈的吸引力。孩子们可以反复地阅读和体会这套绘本,或许可激发对一个主题的兴趣,进而深入思考和探索,发现更多知识。

每本书都是对现实世界的一次历险,既丰富了孩子们的阅历,又培养了他们的好奇心和理解能力——这是最好的学习方式。

《自然故事》(共三辑,二十四册)